AF305970

DITHYRAMBES,

OU

PETITES ÉLÉGIES;

DÉDIÉES

A MADAME LE PRÉDOUR, ANNETTE-SERGENT PAIN
(DE ROCHEFORT);

PAR M. DE LA SERRIE

(DE LA VENDÉE);

AVEC CINQ SUJETS
DESSINÉS ET GRAVÉS SOIGNEUSEMENT DE SA MAIN.

Vide dolorem, facti sunt filii mei perditi...
Seigneur, voyez ma douleur; mes enfans sont perdus.
(LAM. V. 16.)

A NANTES,

CHEZ BRUN, IMPRIMEUR ORDINAIRE DU ROI,

1816.

Dix-septième petit format in-18 de la collection des œuvres de M.ʳ de la Serrie, à Paris chez Didot jeune et Bradel , à Bruxelles chez de Rancey , à Nantes chez Busseüil jeune et chez Brun.

A

M. DUREAU DE LA MALLE, *fils.*

Αἱ τελῶν κεγων !
O fallaciæ inanes !
(Hom.)

CES petites Élégies, composées dans des momens d'inspiration et de douleur, ne peuvent être senties que par des âmes pénétrées et émues, car il faut avoir connu le malheur, les peines, le chagrin, les pertes cruelles, pour gémir avec ceux qui gémissent; le monde est entraîné par le monde, il est léger, il oublie, pense rarement, n'appronfondit rien, ne s'occupe que de ses jouissances et sommeille dans ses erreurs. L'âme inspirée, au contraire, aime à déplorer les afflictions de l'homme, sa vie brève et si soudainement moissonnée quelquefois.

J'ai laissé ces petites Élégies telles que je les avais pensées dans le silence des nuits ou dans le cours de mes promenades; on sait que ces sortes d'improvisations ne demandent point le délire poétique, mais de l'âme et du sentiment: l'Élégie se plaint, soupire, exhale sa douleur: voilà tout.

Les anciens avaient un grand respect pour les morts : ils honoraient leur mémoire par des monumens, des éloges, des hymnes et des chants. Nous voyons même que les Pères de l'église, qui succédèrent aux philosophes et aux sages, parmi les payens, conservèrent longtemps cet antique usage. Les mœurs des siècles policés, la civilisation recherchée, la politique, ont détruit insensiblement cette coutume pieuse et louable de la primitive Église. S.-Grégoire de Naziance, S.-Grégoire de Nysse, S.-Augustin, S.-Jérôme, S.-Bazile, S.-Athanase, S.-Ambroise et S.-Bernard, ont excellé dans ce genre simple et à la fois sublime; ils n'ont point, comme Bossuet, Fléchier, Mascaron, De Senez, évêque de Beauvais, fait l'éloge des personnages puissans de leur siècle; leurs petites *oraisons funèbres, achevées par la grâce et le style, n'embrassent au contraire que les vertus privées de simples fidelles ignorés pendant leur vie; et ces sujets qui semblent si arides fournissent à leur génie une foule de pensées agréables, heureuses et brillantes pour la morale chrétienne. S.-Grégoire de Naziance, pendant son épiscopat, a prononcé tour-à-tour l'éloge de son père, de sa mère, d'un frère et de sa sœur Césarienne, morte à 25 ans. D'après le jugement de littérateurs distingués, ces petites pièces étincellent de beauté et d'éloquence du premier ordre: « Si nous croyons (dit S.-Grégoire, dans l'éloge de sa « sœur), si nous croyons que l'on est coupable de dépouiller « ses proches, de leur faire outrage, de les accuser, de leur « nuire enfin; si même l'injustice envers des parents est la plus « criminelle de toutes, ne serait-il pas bizarre et déplacé de leur « enlever les honneurs de l'éloge, hommage particulier que « l'on doit à la vertu, par lequel nous pouvons consacrer à jamais « leur mémoire. Le scrupule de l'amitié et la crainte des envieux « nous empêcheront-ils de louer ceux que nous connaissons, « surtout quand ils ont quitté la vie, et qui nous furent si « chers? » D'après ces paroles expressives, qui pourrait s'élever contre ce sentiment religieux qui m'invite à parler quelquefois, dans le cours de ces petites Élégies, de deux jeunes sœurs mortes à la fleur de leurs années, l'une à 15 ans et l'autre à 25? Aimables l'une et l'autre par la douceur et par cet attrait séduisant attaché à la vertu et à l'innocence, pleurées et regrettées toutes deux....quelle tristesse pour nous! Aujourd'hui (pour se servir d'une parole d'Isaïe) leurs membres délicats, ensevelis sous la tombe, sont couchés sur une terre froide.... C'est ici un monument pieux que je me plais à élever à leur mémoire, ne voulant pas que leurs noms soient oubliés;*

Exegi hoc monumentum illis.

Je leur ai élevé ce trophée pour consoler ma douleur et perpétuer leur doux souvenir.... Pourquoi un père ne pleurerait-il pas sur le mausolée de ses enfants? pourquoi regarderait-il cet épanchement comme une faiblesse? Jésus-Christ lui-même, nous dit S.-Jean, a frémi, il s'est troublé, il a pleuré sur la tombe de celui qu'il avait aimé: infremuit spiritu et turbavit seipsum et lacrimatus est Jesus. (S. JEAN, c.11. v. 33.)

Dessiné et Gravé par M. de la Serrie, Amat. (de la Vendée).   1816.

S.te MARIE, ou Fuite en Egypte.

HOMMAGE à Madame LE PRÉDOUR (Annette Sergent Prin) de Rochefort.

PETITES ÉLÉGIES.

~~~~~~

ÉLÉGIE I.

L'HOMMAGE.

A Madame Annette Le Prédour (de Rochefort).

« *Pourquoi sommes-nous frappés de calamités successives ? nous*
» *respirions à-peine d'un premier malheur, nous avions à-peine*
» *essuie nos larmes, et voilà que nous retombons dans un deuil*
» *nouveau : tout à l'heure nous regrettions une tendre fleur sou-*
» *dainement arrachée, et aujourd'hui nous en voyons mourir*
» *une autre non moins précieuse... »*
(S.-Grég. de Nys. Élog. de Pulchérie, fille de Théodose.)

Oui, pour ma consolation,
Jeune Prédour, je vous dédie
Ces vers plaintifs, touchante expression
de l'âme d'un père attendrie.
Recevez-les au nom de votre amie...
Elle n'est plus!.. et nous la pleurons tous...
Ah! vous avez sa modestie,
et son sourire et son langage doux.
Vous possédez sa candeur infinie
Et ses vertus qui la faisaient aimer...
Elle n'est plus, votre fidèle amie!..
~~~~~~

Ecoutez ma douleur, laissez-la s'exprimer.

Elle a vu, dans son agonie,

S'évanouir le monde et ses illusions.

Si pour nous, d'une part, la mort est effrayante;

La mort apporte aussi ses consolations :

D'un côté, j'aperçois la victime expirante;

De l'autre, le dictame à nos afflictions.

Si je vois près de l'immortelle

Le tombeau qui va l'engloutir;

Je vois le sein d'un Dieu prêt à s'ouvrir pour elle;

Doux refuge du repentir.

ÉLÉGIE II.

L'ESPÉRANCE.

A la même.

> » *Mes yeux se mouillaient de larmes, et malgré mon espérance,*
> » *je ne pouvais dissimuler la douleur que je souffrais; mon âme,*
> » *navrée par son agonie, me rappelait la perte que j'allais faire...*
>
> (S.-Jérome; élog. du jeune Népolien)

Autour de nous si tout est périssable,

Changement, plainte et vaine illusion;

Si la mort est inexorable,

Pourquoi cette inclination

A chérir encore une vie

Qui laisse peu pour le bonheur,
Libérale, mais infinie
Pour l'infortune et le malheur
Et la tristesse et la souffrance?
Que dis-je? Dieu, pour consolation,
Nous abandonna l'Espérance,
La Foi, la Charité, l'aimable Bienfaisance,
Filles de la Religion.
Par un bienfait de cette Providence,
Jeune Prédour, l'Espérance
S'éteint bien difficilement:
C'est une étincelle suprême
Qui vit sans cesse d'elle-même
Et se soutient sans aliment.
Elle ouvre à nos regards un horison immense,
Nous donne le courage et la persévérance.
Au sein de l'esclavage ou de l'obscurité,
A travers les vicissitudes,
Au milieu des tourmens et des inquiétudes,
L'Espérance est pour nous une prospérité.

ÉLÉGIE III.

LES DEUX SŒURS,

ou le tombeau de Marie-Louise-Aspasie de la S.....
(au cim. de Misèr.)

> » *Gratien, Valentinien, heureux frères ! Si mes paroles peuvent*
> » *quelque chose, aucun jour ne laissera votre nom dans l'oubli;*
> » *le cours de votre vie s'est précipité plus vite que les flots du Rhône.*
> » *O Gratien ! ó Valentinien, noms chers et aimables, dans quelles*
> » *bornes votre vie s'est-elle arrêtée ! que vos morts, hélas ! se*
> » *touchent de près.... »* S.-Ambr. Elog. de Grat. et de Valent.

Voilée avec simplicité,

La nuit, sur son trône d'ébène,

Étend sa lueur incertaine

Et va régner sur la clarté.

Aucun bruit ne frappe l'oreille ;

On croirait même en ce moment

Que la création sommeille

Près de ce triste monument.

———

Voici la demeure d'argile

Des reprouvés et des élus...

O Louise, sœur de Cécile.

Comme un soufle tu disparus :

Entends ma plainte douloureuse,

Toi qui dors d'un sommeil si doux;

Permets que je prie à genoux,

Ici, près d'une bienheureuse.

Dessiné et Gravé d'après Nature par M. de la Serrie Amat.ʳ (de la Vendée). 1813.

LE TOMBEAU DE MARIE LOUISE ASPASIE DE LA SERRIE,

au cimetière de Miséricorde à Nantes ;

DÉDIÉ A MESDAMES Victoire PALIÈRNE et Aï͞m. DE VILLARS DE LA SERRIE.

Un tombeau ne peut effrayer
Qu'une âme faible ou trop coupable ;
Le vrai chrétien aime à prier
Devant un monument semblable :
Tu reposes sous cet autel ,
O ma Louise , ô ma douce âme,
Pénétré d'une sainte flamme,
Je ressens ton soufle immortel.

————

Du haut du ciel la lune éclaire
Ce monument que je chéris ;
Elle dore de sa lumière
L'épitaphe que j'écrivis :
De deux jeunes sœurs accomplies
Ne pleurons plus le triste sort ;
Ces deux sœurs , sur la terre unies ,
Le sont encore après leur mort.

————

Simples , douces de caractère ,
Avec quelle rapidité
J'ai vu passer sur cette terre
Ces anges de même beauté ;
Il cesse pour moi , le murmure
de leurs accens mélodieux ;
Mais toujours leur image pure
Est dans mon âme et sous mes yeux.

ÉLÉGIE IV.

LE RETOUR DU GUERRIER.
A Fulgence Fant.. des. O......

> » Aquila velociores, leonibus fortiores
> » *Plus vîte que les aigles, plus courageux que les lions !*
> (LIV. DES ROIS C. 2.)

INSENSIBLE aux douces études,

Je ne vivais depuis long-tems

Que de tristes inquiétudes

Ou que de pénibles tourmens;

Mais quand l'hiver impitoyable

A commandé les fiers autans ,

Et promené partout son règne misérable

   Sur la terre et ses habitans,

Tout s'appaise, et bientôt la nature respire

En saluant encor Philomèle et Zéphire

   Qui nous ramènent le printems:

   Ainsi, le retour de Fulgence

Est pour moi le signal de l'étude et des arts;

  Je le croyais perdu sans espérance,

   Tandis qu'il courait les hasards

   Et triomphait par sa vaillance. ---

Désormais, mon ami, préfère des revers,

   Et si tu veux que je te chante

   Et que ton nom s'enlace avec mes vers,

Renonce à la gloire éclatante
De faire bruit dans l'univers :
Vois comme l'aimable nature
A peint sur ta noble figure
Les traits sublimes de ton cœur :
Si la tempête est dissipée,
Suspends ta lance et ton épée ;
Reprends la lyre, et sois encor vainqueur
Dans l'élégie, ou l'ode, ou l'épopée.

ÉLÉGIE V.

LES SOUPIRS

*D'une Magdeleine... Adélaïde Qué**** Duchem****

» Quemadmodum desiderat cervus ad fontes aquarum, ita desi-
» derat anima mea at te Deus...
» *Mon Dieu, mon âme soupire après vous avec autant d'ardeur*
» *que le cerf altéré désire l'eau fraîche des fontaines.... »*

(Ps. 41.)

DE mes vains ornemens je me suis délivrée,
J'ai brisé mes anneaux.... Et ma voix inspirée,
A rappelé la vie et la paix dans mon cœur ;
    Jeune, frivole et dissipée,
Au sein des voluptés j'ai cherché le bonheur :
        Hélas ! qu'elle était mon erreur,
        Et combien je m'étais trompée !...

Je te cède, je te revois,

Pour mon âme flétrie, objet si plein de charmes,

Lumière du cœur, ô ma croix,

Source des précieuses larmes,

Je te retrouve!... Heureuse et pure par la foi,

Dans mon humilité profonde,

Ici, je m'abandonne à toi,

Et renonce à jamais aux vanités du monde.

Ainsi que le cerf altéré

Soupire après l'eau des fontaines;

De même mon cœur pénétré

Languit, ô Dieu bon, adoré,

Après tes douceurs souveraines.

ÉLÉGIE VI.

LA PRIÈRE.

« Vincit omnia caritas divina et dilatat omnes anima vires...
« *La douce prière, la divine charité, surmontent tout, et*
« *s'emparent de toutes les forces de l'âme.* (IMIT. DE J. C.)

Si le malheur est à notre poursuite;

Si l'homme trop souvent au mal se trouve enclin,

Douce Prière, on t'appelle bien vîte;

Par ton charme divin, alors tu mets en fuite

La douleur et l'ennui, la peine et le chagrin;

Tu sais désarmer la vengeance,

Tranquilliser nos sens, rassurer l'innocence ;

Par toi le cœur s'élève et notre âme est de feu :

En toi le repentir espère ;

C'est toi, consolante Prière ,

Qui nous unis au sein de Dieu ;

C'est en priant, d'une foi vive ,

Qu'on respire, qu'on est heureux ;

La voix de la Prière est, pour le malheureux,

Toujours douce et persuasive.

ÉLÉGIE VII.

A BACQUA ,

Docteur-Chirurgien ; mort à Nantes, en 1812 ;

Dédiée au Doct. F✱✱✱ de la même ville.

> « *Toutes les douceurs de la vie mondaine n'étaient rien pour lui,*
> « *au prix de cette vertu dont l'art et les talens le portaient à*
> « *secourir les malheureux malades, et les pauvres infirmes. ..*
> (Elog. de VICQ-D'AZIR, célèbre méd. par DESSAULX.)

AIMANT l'étude et fuyant la mollesse,

Dans le tumulte des plaisirs

Tu n'égaras point ta jeunesse.

A cultiver ton art, avec calme et sagesse,
  Là, tu sus borner tes desirs:
A soulager nos maux que tu trouvais de charmes!
  Loin des orages, des alarmes,
  Pour l'honneur de l'humanité,
  Dans un tems heureux d'équité,
O Bacqua tu naquis pour rendre la santé
  A tant de familles en larmes!
  Tu secourais également
  La richesse ou la pauvreté...,
  Repose en paix dessous ce monument;
  Cher Bacqua, si tu peux m'entendre,
  Reçois ces vers que j'adresse à ta cendre,
  Expression du sentiment,
  Reçois cette faible étincelle,
Toi, si souvent vainqueur de la mort et du tems;
De tes nobles vertus et de tes grands talens,
Nantes doit conserver un souvenir fidelle.

VERS

A METTRE AU BAS DU PORTRAIT DU DOCT. FOUR**

  LE malade pâle et mourant,
  En le voyant voit l'espérance;
  Toujours humain, compatissant,

(Dessiné et Gravé avec douleur par Son père Mr. de la Serrie (de la Vendée) 1810.

)H H ......exigi monumentum Virginiæ carissimæ Filiæ....

...Tombeau en marbre, élevé au Cimeté. de Miséric. à M. R. C. Virginie de las.....morte à

DÉDIÉ à Mr. THIREAUD fils ainé (de Nantes) lic. bach. doct. maît.-ès-arts, Étud. en M

Auprès des pauvres il étend
L'empire de sa bienveillance ;
Quoique modeste , il est savant ;
Sa science est docte et polie ;
Sa paix, sa douceur, sa pitié
Dans le commerce de la vie ,
Donnent du prix à l'amitié.

ÉLÉGIE VIII.

LE SOMMEIL ,

Ou la nuit du 5 août 1815.

> » *Son soufle de mort, dont je me suis pénétré, est devenu pour moi*
> » *le soufle de vie : fasse le ciel au moins qu'il purifie mon cœur,*
> » *et qu'il mette dans mon âme l'innocence et la douceur de la*
> » *sienne....* » (S.-AMBR. Elog. de sa sœur STATIRA.)

QUELLE triste nuit! quel silence!
    Quels rêves tumultueux!
En vain j'implore ta puissance ,
Sommeil calme, sommeil heureux!
Quel tourment!... j'aperçois sortir de son abîme
La Mort qui tient en main son sinistre flambeau ,
De ses doigts desséchés désignant sa victime,
Elle me montre au loin la trace d'un tombeau....

O douleur! c'est le tien, Cécile;
Désormais voilà ton asile....
Ce songe accablant de la nuit,
Ce Sommeil que je cherche et qui toujours me fuit,
Cette agitation, pour un père, accablante,
Tout me signale, tout m'instruit
Que de ma fille, hélas, la Mort est triomphante.
Cette noire divinité,
De notre vie insatiable,
Frappe tout, enfance, beauté,
Graces, vertus, jeunesse aimable,
Tout plie à son autorité.
Triste, chacun de nous lui porte son hommage;
L'univers est son héritage. —
Ma fille, c'en est fait! pour toujours je te perds...
O doux Sommeil, tu m'abandonnes!...
Mais écoutons.... j'entends d'harmonieux concerts,
Je vois des chérubins, descendus de leurs trônes,
Qui se balancent dans les airs
Et tressent pour toi des couronnes.

ÉLÉGIE IX.

LE CYPRÈS.

A la même.

> « Omnes morimur....
> » *Nous mourrons tous...*
> (LIV. DES ROIS, C. 1 4.)

Ici, chacun en regrettant sa vie,
    A fait l'éloge de ses mœurs,
Et gémi de la voir si jeune ensevelie:
    Nantes a répandu des pleurs,
    Et pour mieux nourir ses douleurs,
Sa mère.... Elle voulut, languissante, éplorée,
    Que sa tombe fut entourée
    Du noir Cyprès, deuil du trépas;
    Sa tendresse ne voulut pas
    Que sa tombe fut ignorée....

    O passagère humanité!
    O trompeuse prospérité!
    Monde léger et si fragile!
    Age heureux où tout paraît beau!
    Ton brillant avenir, ma fille,
    Vient s'abîmer dans le tombeau.
On le dit, on l'oublie, ici donc rien de stable;
    Oui, la mort sans exceptions,

Sur toutes les conditions,
Promène sa faux redoutable;
Oui, tout expire aux pieds de ses autels,
La plainte, la douleur, le mal insupportable,
Rendent égaux tous les faibles mortels.

ÉLÉGIE X.

LA PROSPÉRITÉ.

*A un homme malheureux, M. de Mar*****

» Magnâ cum majestate malorum....
» *Les malheurs ajoutent aux grandes vertus....*
(BOÈCE TRAIT. DE LA CONSOL.)
» Et tabescet homo sicut araneam animam ejus.
» *L'homme se consume dans ses peines comme l'araignée dans son*
» *travail.... »*
(Ps.)

Toujours calme dans sa souffrance,
Le noir chagrin ne l'a point abattu;
La peine éprouva sa constance,
Et le malheur affermit sa vertu;
Son âme forte et courageuse,
Soumit la vertu malheureuse
Au silence : et cette âme en paix,
Toute brillante de lumière,
Dans le calme de la prière,

A gémi de nos longs excès.
Que d'infortunes attachées
A la prospérité des grands,
Et que d'amertumes cachées
Sous la pourpre des conquérans !
Souvent l'orage sur leurs têtes
Amène d'affreuses tempêtes
Qui détruisent l'enchantement
Et la Prospérité de l'homme ,
Comme une ombre ou bien un fantôme
Brille et passe rapidement.——
De jour en jour, sans espérance,
Accablé par ton long silence,
Moi seul, le front ceint de cyprès,
D'un crêpe j'entourais ma lyre,
Et ma voix craignait de redire
Les maux, hélas, que tu souffrais.
Ami, ce monde où l'on s'oublie,
N'est qu'un lieu de bannissement
Où les doux charmes de la vie
Se font sentir amèrement :
Je vois l'homme en mille manières,
En butte à la méchanceté,
En proie à l'exil, aux misères ;
Possédé par la vanité ;
Ne recherchant que ses délices ;

Libre aujourd'hui, demain aux fers;
Petit et bas dans ses revers;
Rampant et lâche dans ses vices;
Tout honteux dans sa pauvreté;
Mais insolent dans sa Prospérité,
Et le jouet de ses caprices;
Sans repos le jour et la nuit,
Bercé d'ambition et d'espérances vaines,
L'homme s'abîme dans ses peines:
De même l'araignée au milieu de ses chaînes,
Travaille, se consume, et s'use et se détruit.

ÉLÉGIE XI.

L'INSPIRATION ET L'ÉTUDE.

*A   Charles   Fil*** ainé,   de   la   Rochelle.*

» *Sine studio vita est quasi mortis imago......*
» *La vie de l'homme, sans l'étude, est l'image de la mort....*

CICÉRON.

LE doux travail ne m'offre plus de charmes,
Et mon talent semble éteint aujourd'hui;
Le jour renaît, et mes tristes alarmes
Et mes douleurs renaissent avec lui.
Mais un moment, jettons un demi-voile

Sur le cyprès, symbole du malheur.

Peignons la rose ici sur cette toile ;

Que mes pinceaux imitent sa fraîcheur.....

Que l'art de peindre a pour nous de délices!

Qu'il nous ravit par ses illusions ;

Cet art ancien, par d'heureux artifices,

Calme souvent nos tribulations ;

Quel vaste champ, quel trésor pour le sage,

Quand il reçut l'imagination !

Que je te loue, ô ciel, du beau partage

Que tu nous fis de l'Inspiration !

    Éclair du bonheur, douce ivresse,

    Rapide imagination,

    Attrayante Inspiration,

    Répands sur mes nuits de tristesse,

    Quelques lueurs d'illusion !

Depuis que j'ai perdu ma chère Cécilie,

    De moi s'éloigne le repos ;

    Maintenant la mélancolie

Nuance mes écrits, rembrunit mes tableaux

    Et vient désenchanter ma vie.

Cher Charles, livrons-nous à l'Étude chérie,

    Jouissons dans notre douleur

De l'Inspiration des chantres d'Aonie.

    Toujours par sa douce chaleur,

    A la ville, à la solitude,

S'attache à nous l'aimable Étude ;
Elle appelle l'instruction,
Elle repousse l'ignorance,
Et par sa seule impression
Elle écarte l'intempérance,
Le dégoût, la frivolité,
Et l'ennui de l'oisiveté ;
Du sage elle est la plénitude ,
Les délices de ses instans ;
Raphaël nous a peint l'Étude
Qui sème des fleurs sur le tems.

ÉLÉGIE XII.

A L'AMITIÉ.

» *L'Amitié .... Elle nous est envoyée par les génies qui errent*
» *autour des gens de bien pendant leur sommeil, et qui possèdent*
» *le miroir de l'avenir....*
(FERDOUSI, célèbr. poëte persan.)

Doux sentiment de la nature
Et compagne de la pitié,
Charme puissant d'une âme pure,
Tout cède, ô divine Amitié,
A tes graces irrésistibles !

Aimable déité tu règnes sur moi, mais
Il est des êtres froids, et des cœurs insensibles
    Qui ne te connurent jamais.

ÉLÉGIE XIII.

LE NOM DURABLE.

> « *Autour d'elle, des larmes muettes, une douleur inconsolable,*
> « *mais silencieuse; sa mort semblait une solennité sainte....*
>   (GREG. DE NAZ. Elog. de sa sœur.)

CALME, sous la main adorable
Qui dispense aux mortels la peine et le chagrin
    Pour rendre ma douleur durable,
    J'ai gravé son nom sur l'airain.
    Didot, dans son art souverain,
    Qui charme les veilles du sage,
  Didot aussi lui rendit son hommage.
  Ah! je le sais que tout est vanité;
Qu'ici rien n'est durable, et tout fuit et tout passe,
  Mais un tombeau qui m'effraie et me glace,
Un tombeau communique avec l'éternité....
  A ma douleur qui pourra mettre un terme?
    Ma fille, espoir pour moi si doux,
  Je te voyais encor hier parmi nous,

Aujourd'hui même un tombeau te renferme :
O chers enfans , liens purs et sacrés
Qui font sentir, seuls , le charme de vivre ,
Qu'il faut gémir quand on doit vous survivre ,
O quel long deuil !.. pères , mères pleurez.

ÉLEGIE XIV.

A la même.

» Illæ pennas sicut colombæ ut volet et requiescat in sinu dei....
» *Elle a pris les ailes d'une colombe pour s'envoler dans un lieu de*
» *repos....*
(Ps. 54 , v. 6.)

Autour de moi j'arrête mes regards ,
Croyant toujours la voir....Ombre trompeuse et vaine!...
Mais pour me consoler, pour alléger ma peine ,
  Je prends la lyre ou le burin des arts ,
    Et séduit par ce doux prestige ,
    Ma main , sur le vélin , dirige
    Ou le crayon ou le pinceau,
Dessinant son image ou traçant son tombeau....
  Toi seule étais le doux nœud qui me lie,
    A cette terre , hélas , flétrie ,
    Où tout n'est qu'abîme et néant;
    En toi j'ai perdu maintenant,

Ma plus précieuse espérance.
Priant et gémissant au pied de cet autel,
J'élève aujourd'hui vers le ciel,
Et ma douleur et ma souffrance.

ÉLÉGIE XV.

ARTHUR (petit fils de l'auteur, né en janvier 1814).

Dialogue.

» Et si dolores renovant, tamen adferunt illecebras....
» *Et si leur souvenir renouvelle ma douleur, il soulage mon âme...*
(S.-AMBR.)

PETIT enfant, qu'as-tu fait de ta mère?...
— Je la serrais ce matin dans mes bras....
— Apprends, mon fils, la douleur de son père...
— Je suis ému, tu me transis, hélas!...
— Je suis nâvré; celle qui m'était chère...
— Hé bien! achève, instruis-moi de son sort...
— Apprends, mon fils, que tu n'as plus de mère...
— Hélas, cruel, tu me donnes la mort.

ÉLÉGIE XVI.

SUR HYPPOLITE DÉFR*****

Mort à N......, à ...... en 1812.

« Heu miserande puer. . . . .
. . . . manibus date lilia plenis
« Jettez sur la tombe de cet infortuné jeune homme, à
« pleines mains....

(VIRG.)

Cᴇ que la nature a de beau,

Tout ce qu'elle appelle mérite,

Sommeille ici. — Cher Hyppolite,

Il est donc vrai que ce tombeau

Renferme tes précieux restes :

Les anges et les séraphins,

Du haut des demeures célestes,

Répandirent à pleines mains

Des palmes, des lis et des roses

Sur cette tombe où tu reposes,

Et monument de nos chagrins.

Des amis, des parens en vain te secoururent ;

Tu meurs, charmant jeune homme, admiré, chanté

De ceux qui te connurent ;

Tel un beau lis, par Borée agité,

S'incline, hélas, languit et tombe...

Des parens, des amis, et la jeune beauté,

Souvent encor vont pleurer sur ta tombe,

Dessiné et Gravé par Mr. de la Serrie, Avocat (de la Vendée)   A. Nantes, 1815

Ste CECILE TRIOMPHANTE de la MORT.

A LA MÉMOIRE DE MARIE-CECILE-ROSALIE-VIRGINIE de la s....(x

Née à Paris en 1793.

Née à Paris en 1793.

ÉLÉGIE XVII.

LA DESTRUCTION.

(Imitation libre du latin de S.-Grégoire de Naziance.)

*A M. Bl***

> » Naufragio liberati, exinde repudium et navi et mari dicunt....
> » *Ceux qui sont échappés du naufrage, disent un éternel adieu à*
> » *la mer et aux vaisseaux.*
> (TERTULLIEN.)

A naître pour souffrir nous sommes donc réduits,
Et la Destruction se tient là pour nous suivre,
    Nous sortons du néant pour vivre,
    Et vivans nous sommes détruits.
Pourquoi ne regarder que les grandeurs visibles ?
    Fils des hommes, de peu de foi,
    Jusques à quand, répondez-moi,
    Aurez-vous des cœurs insensibles ?
Dites ; pourquoi tenir tant à ce vain bonheur,
Qui dans l'impiété vous entraine et vous plonge ?
    Ah ! pour moi, voilà ma douleur,
    C'est qu'ici bas mon exil se prolonge.
    Où sommes-nous ? toûjours près du tombeau.
Que sommes-nous ? le vol de cet oiseau qui passe.
Que sommes-nous encore ? un fragile vaisseau
Qui fuyant sur la mer ne laisse aucune trace...
Mais l'homme aussi, cher Bl.., l'homme dans sa faiblesse,

Dans le tourment de son affliction.
Devient heureux et reçoit la promesse
Que lui fait la Religion.

ÉLÉGIE XVIII.

L'APOLOGUE.

A Jules Cramer, peintre de genre, à Lyon.

> " .... pictoribus atque poetis.
> HOR. De art. poet.

La Poësie et la Peinture,
Filles de l'Inspiration,
Par un penchant de leur nature,
Usent de la permission,
Mais toujours avec retenue,
D'orner la Vérité trop nue
Des graces de la fiction :
Saisissez-bien, mon cher Cramer,
Cette petite allégorie :

Un jour, une goutte de pluie
S'écoula d'un nuage et tomba dans la mer,
Une écaille entr'ouverte, et de nacre embellie,

La reçut alors dans son sein :
La goutte d'eau ressentit du chagrin
De se voir ainsi condamnée
A vivre dans l'obscurité ;
Mais à la longue une divinité
Prit pitié de l'infortunée :
La goutte d'eau, timide, obéit à sa voix,
Elle devint la perle précieuse,
Digne d'orner la tête d'une heureuse,
Ou le diadême des rois.

ÉLÉGIE XIX.

LA GLOIRE, LE PLAISIR.

*A M. de Pons** (de la Vendée.)*

» *C'est toujours le même homme , et sa vertu le suit partout.* »
(CICER. pro marcello.)

TREMBLONS, Dieu s'annonce à la terre,
Marche sur les ailes des vents ;
Précédé par les feux brûlans,
Il s'explique par son tonnerre. --
Paisible et vertueux ami ,
Sans reproche et sans peur, comme l'étaient nos pères,

Toi, des humains le modèle accompli,
Instruit, aimant des arts les faveurs passagères;
Je te salue, homme doux et poli :
La foi, l'honneur, les principes sévères,
De ce siècle, rares trésors,
Sont devenus ton héritage;
Ta solitude est l'asile du sage
Et de ces mœurs du premier âge
Qui coutaient, tu le sais, de bien faibles efforts
A ceux qui s'en faisaient une gloire solide.
On te dira sans doute : à la vertu rigide
On peut unir le paisible olivier,
Mélanger sous la même égide
Le myrthe heureux et le noble laurier;
Moi , je dirai qu'il faut s'humilier.
Quelle erreur que la Gloire , et que le Plaisir laisse
Un avenir souvent mêlé d'effroi!...
La Gloire et le Plaisir rappellent la tristesse,
Et la douleur étend autour de moi
Ses ombres pâles et funèbres.
La Gloire fuit devant mes yeux,
Et le Plaisir s'éteint dans les ténèbres. —
Je soulève ce voile.... Objet religieux,
Ah! je te vois privé de l'existence....
Autour de nous, ma fille, quel silence!
Ta mère n'a de toi que le seul souvenir....

St. SIMILIEN, Martyrisé à Nantes.

DÉDIÉ A Mr. DUPATY, Prédicateur, et Curé de St. Similien de Nantes.   1814.

C'est désormais que je m'écrie,

Quel néant que la Gloire! erreur que le Plaisir!...

Ainsi donc, au milieu des charmes de la vie,

La douleur vient tout-à-coup nous saisir;

Cher de Ponsay, qu'elle folie

De s'attacher à ce monde abusé!

Mais la pensée intellectuelle,

Rayon de notre âme immortelle,

Console au moins l'homme sensé;

Une inspiration de flamme

Dissipe (lumineux flambeau)

L'épais nuage du tombeau,

Et l'Eternel alors communique à notre âme.

ÉLÉGIE XX.

L'IMMORTALITÉ.

*Au Père Le Maj*** Panégyriste de *****

> » I' venni men cosi comm'io morisse. »
> » *Son âme évanouie à la douleur succombe.* »
> (LE DANTE)

PAR vos étincelantes pages,

L'onction de vos sentimens,

Vous entraînâtes les suffrages,

La voix, les applaudissemens!
Qui prête plus à l'éloquence
Que l'homme juste et sans défense
Aux prises avec le malheur:
L'écho de la voûte sonore,
Dans mon âme, réveille encore
Le sentiment de la douleur:
Quel concert flatte mon oreille
Dans ce temple religieux?
La joie en mon cœur se réveille
Par des accords mélodieux;
J'y viens saluer ma patrie,
Cette Jérusalem chérie,
Et je me dis alors; le tombeau peut s'ouvrir,
Je n'ai point atteint la vieillesse,
Mais j'ai dépassé la jeunesse,
Et je ne crains plus de mourir:
Sur la terre j'ai vu des crimes,
La vengeance, le noir soupçon,
L'injustice, la trahison:
Mais j'ai vu des vertus sublimes,
Des âmes fortes, magnanimes,
L'éloquence du cœur, et le savoir profond:
J'ai vu.... Depuis ce temps j'ai consacré ma lyre
A la gloire de l'Éternel,
J'ai senti du céleste empire

Le souffle pur et solennel.
Sublime Auteur de la lumière,
Daigné prolonger ma carrière:
Hommage à ta divinité!
Ah je ressuscite à la vie,
Je sens le tourment du génie,
Le feu de l'immortalité!

ÉLÉGIE XXI.

LA · RECONNAISSANCE.

» Vitæ summa brevis spem nos vetat inchoare vitam.
» *La brièveté de la vie, défend de concevoir de grands projets.*
(HORACE.)

C'EST ma fille.... et ce n'est plus elle....
Ce front, où brillait la clarté,
La joie et la sérénité,
Est couvert maintenant de la pâleur mortelle;
Sur son lit, en changeant de situation
Elle ne fait que changer de souffrances....
Douce prédestination,
Elle se voit mourir et met ses espérances
Dans la majesté de Sion!
Tendre commisération,

Cessez ; aujourd'hui ma tristesse
Doit se changer en allégresse ,
Et du Dieu des chrétiens l'adorable sagesse
Vient au secours de mon affliction ;
Cessez , car quel desir m'entraîne
A ce but qu'on appelle et Génie et Beauté.
Eh ! qu'est-ce donc , hélas ! que cette gloire humaine ?
Un peu de bruit , triste réalité !
Je me soumets ; Seigneur , votre bonté
Est , pour le père misérable ,
Un bouclier impénétrable
Qui lui rend le courage et la sérénité.

Femmes pieuses , bienfaisantes ,
Modeste éclat de la religion ,
Anges de consolation ,
Vous qui m'avez donné des preuves si touchantes
De votre zèle et de votre pitié ;
Au nom de la sainte amitié ,
Recevez de mes chants les douceurs consolantes.

FIN.

DICO EGO , OPERA MEA DOLORI.

(ps.)

NOTES.

~~~~~~~~

Page 4.

D'après le jugement de littérateurs distingués....etc.

Voyez M. Villemain (professeur d'éloquence au Lycée Charlemagne, à Paris), dans son choix d'oraisons funèbres ; écrivain plein de goût, de savoir : il faut le distinguer de M. Villemain, de N....., poëte-littérateur, agréable et brillant.

Page 3.

Le monde est léger, il oublie....etc.

Platon dans son Timée a écrit une grande vérité par rapport aux gens du monde. » Les personnes du monde » ressemblent beaucoup aux statues qui ornent les jardins » et les lieux publics : par l'habitude de voir et d'être » vues, elles deviennent insensibles et froides comme le » marbre ; la plupart n'ont, comme les statues, d'autres » perfections et de grâces que celles de l'art, et leurs sentimens, » comme leurs expressions, n'existent qu'au dehors. « Dryden a développé cette idée en grand dans ses Annales du théâtre anglais en l'appliquant aux acteurs de théâtre.

ÉLÉGIE III. page 8.

De deux jeunes sœurs accomplies
Ne pleurons point le triste sort......

L'une, Marie-Louise-Aspasie, etait née en Vendée, à la terre de la S..... Elle mourut à Nan... le 12 juin 1812, à 15 ans : sa sœur, Marie-Rosalie-Cécile-Virginie, née à
~~~~~~~~

Paris en 1793, mourut aussi à Nan... le 5 août 1815, à 23 ans : leurs tombeaux se touchent au cime...de miséricorde. » Les prières d'une famille entière, les vœux de l'amitié, » n'ont pu retenir plus long-temps parmi nous ces deux » sœurs qui commandaient tous les sentimens par leurs aimables » et douces vertus. Leur souvenir et leur mémoire ne » sortiront jamais de mon cœur, je les pleurerai jusques » dans la tombe glacée. Combien je regrette ma charmante » filleule Virginie ! j'avais pour elle la tendresse d'un » père ; sa mort, ô mon ami ! nous frappe tous les deux » également : mêlons nos pleurs et nos regrets...... Et la » douleur de sa mère sera la lampe religieuse qui veillera » près de son tombeau, elle ne s'éteindra que lorsque » l'éternité les aura réunies........

(Ext. d'une let. de M. Dum... Del.... de Chatillon.)

ÉLÉGIE IV. page 10.

Ainsi, le retour de Fulgence
Est pour moi le signal de l'étude et des arts.

Fulgence Fant... des Od..... fils, malgré sa vie dure au milieu des camps, a donné une belle ode latine sur le Galvanisme, et s'est rendu maître de ce sujet ingrat pour la poésie; il a publié encore récemment ses Recherches sur les bibliothèques anciennes et modernes, ouvrage plein de connaissances et d'érudition. Je dirai ici en passant sur ces deux titres: qu'en premier lieu, par la découverte que le hazard et l'observation indiquèrent au docteur Galvani, les hommes ont acquis, sinon de rendre la vie, au moins d'en faire sentir encore toutes les atteintes dans les parties de l'animal dont le tout a cessé d'être. L'identité entre l'électricité et le galvanisme n'est point parfaite; mais l'une et l'autre ont une analogie très-grande, dont on pourra sans doute profiter pour avancer les progrès de l'électricité. -- Voyez à ce sujet MM. Süe et Humbolt ; voyez encore plus particulièrement cet article rédigé à neuf dans le nouveau Dictionnaire des sciences médicales, par une société de savans médecins et autres, tels qu'Allibert, Bayle, Richerand, Royer-

Collard, Pariset, Nysten, Renauldin, Sédillot, Landré-Beauvais, Chaumeton, Breschet, Cuvier, Delpech, Murat, Laënnec (neveu de M. Laënnec, habile médecin de Nantes), Montègre, Esquirol, Pinel, Virey, etc. , etc.

En second lieu; en citant les Recherches sur les bibliothèques anciennes et modernes, j'ajouterai : qu'il y en avait une très-belle à Memphis ; que c'est dans celle-là même que Naucrates accuse Homère d'avoir trouvé les matériaux avec lesquels il composa son Illiade et son Odyssée. Mais la plus grande, la plus magnifique bibliothèque de l'Egypte fut celle des Ptolémées, à Alexandrie. Un des plus précieux manuscrits de cette bibliothèque était un original de l'Écriture sainte. Là se trouvaient aussi les originaux des Eschyle, des Sophocle, des Euripide, etc. (Voy. Aulégelle.) Cette bibliothèque fut enfin détruite, l'an 650 de J. C. sur un ordre, comme on sait, du calife Omar, qui voulut que les livres de la bibliothèque d'Alexandrie fussent distribués dans les bains publics de cette ville, et qu'ils servissent à les chauffer pendant six mois.

Varon avait aussi une belle bibliothèque. Plutarque assure que celles de Paul-Emile, de Lucullus surtout et de Jules-César, étaient des plus considérables. Celle de l'Empereur Constantin passait pour être une des mieux choisies, celle de Julien, malgré sa fureur contre les livres chrétiens, était des plus rares et des mieux soignées. Tout cela encore est peu de chose en raison de la bibliothèque du monastère de la Sainte-Croix, sur le mont Amara en Ethiopie, elle contient dix-millions cent-mille volumes; elle doit son origine à la fameuse reine de Saba; il y a des manuscrits précieux de l'antiquité la plus reculée. Il est dommage que cette bibliothèque (qui existe encore en son entier) soit perdue pour les savans, car on sait bien que l'Éthiopie est une région inabordable pour les voyageurs et les étrangers qui n'y reçoivent que la mort. On ne compte guères encore que le célèbre et infatiguable Bruce, baronet anglais, qui, seul, après sept ans de peines et de fatigues, a eu la gloire en 1788 de découvrir les sources du Nil, objet de recherche des savans et des rois depuis plus de trois mille ans, on

38

ne cite que Bruce qui véritablement ait parcouru l'Éthiopie et l'Abyssinie sans trouver la mort. Il a eu le bonheur de voir l'immense bibliothèque du mont Amara, ce qui est aussi difficile, dit-il, pour un européen, que de remonter les sources du Nil dans les montagnes perdues du Gonjam. On y conserve, dans des cassettes d'ivoire, les manuscrits originaux des plus grands prophètes, tels qu'Ezechiel, Isaïe, David, etc. Dans une boîte d'or, on y garde religieusement des ouvrages de Salomon, des lettres et d'autres écrits de la main même de la Reine de Saba, savante fondatrice effectivement de cette bibliothèque qui n'est connue que sous son nom en Ethiopie et en Abyssinie. On sait même que la branche royale qui règne encore à Goudaar, capitale de l'Abyssinie, descend sans nulle interruption de cette illustre Reine de Saba.

Une grande partie de la superbe bibliothèque du Vatican doit son origine à Sixte - Quint, il y a deux manuscrits de la main de Virgile; un Terence et un Tacite écrits par leurs auteurs. L'Évangile de S.-Jean, écrit en lettres d'or par lui - même, sur un vélin préparé. — La bibliothèque du palais de l'Escurial, en Espagne, fondée par Charles V, est presque aussi magnifique que celle du Vatican, a ce qu'on m'a assuré. Enfin celle qui marche après toutes les bibliothèques que je viens de citer, est la bibliothèque nationale de Paris; elle a été fondée par Charles V, qui avait beaucoup d'amour pour les lettres ; on sait qu'elle a eu aussi pour protecteur Louis XI, François I.er, Henri IV, Louis XIV : mais elle doit particulièrement toutes ses précieuses richesses aux soins de M. Bignon, en 1718, ainsi qu'à M. l'abbé Sallier, son successeur, reconnu pour l'un des plus savans hommes du monde : enfin je crois que cette bibliothèque est la plus belle de l'univers, par son nombre prodigieux de livres imprimés et de manuscrits du moyen âge. Par exemple elle n'est pas fameuse en manuscrits rares et anciens. (Voyez pour de plus amples éclaircissemens le discours qui est à la tête du catalogue de cette bibliothèque par Champfort, et les mémoires de l'académie, année 1776, etc.)

ÉLÉGIE VII. Page 13.

Aimant l'étude et fuyant la mollesse,
Dans le tumulte des plaisirs
Tu n'égaras point ta jeunesse....

Le poëte latin Tibule a adressé aux manes de son ami Lœlius, des vers pleins de graces et de charmes : cette jolie élégie a été imitée par Ségrais, Collardeau, le chevalier Bertin, et par Voltaire lui-même, dans des vers mélancoliques adressés aux manes de son ami Génonville. — M. Bacqua était né à la Roche-sur-Yon, en Vendée.

ÉLÉGIE XI. Page 20.

Que l'art de peindre a pour nous de délices,
Qu'il nous ravit par ses illusions!

L'abbé de Winkelmann, ce célèbre antiquaire, dit : » que » les personnes peu instruites, n'ont qu'une idée basse de » la peinture, et loin de la considérer comme le plus noble » des arts, elles la regardent que comme un vil métier....

MÊME ÉLÉGIE. Page 22.

Raphaël nous a peint l'Etude,
Qui sème des fleurs sur le tems....

Plusieurs autres grands peintres, tels que le Poussin, le Sueur, Rubens, ont traité cette même allégorie : la meilleure est gravée, c'est celle de le Sueur.

ÉLÉGIE XIII. Page 23.

Didot, dans son art souverain,
Qui charme les veilles du sage,
Didot aussi, lui rendit son hommage....

Voyez mon dernier ouvrage : *Cécile et Valérius, ou les Martyrs des Catacombes de Rome.* — Personne aujourd'hui ne s'élève contre la gloire due aux Didots, qui, dans l'art de l'Imprimerie ont surpassé encore les merveilles des Camusat, des Coster, des Sébastien Cramoisy, des frères Elzevirs, des Etiennes, des Vascosan ; personne, dis-je, ne peut se refuser à donner la palme, pour ce bel art libéral, aux Didots de Paris, aux Baskerville de Londres, aux Bodini de Parme, aux Ibarra de Madrid, qui, tous contemporains, se sont surpassés les uns les autres par des chefs-d'œuvres. Il n'y a pas long-temps que j'ai vu quantité d'ouvrages suprêmes, imprimés in-4.º par ce même Ibarra, surnommé à Madrid, *l'homme sans pareil*. Je vais signaler les éditions qui m'ont paru les plus admirables et les plus étonnantes, afin d'engager les riches bibliomanes-amateurs, à se les donner : Lopez-de-Vega, Calderon, (auteurs dramatiques, l'un l'autre du 17.ᵉ siècle.) -- Michel-Cervantes. -- Le poëte Rioja (auteur de la belle Ode sur les ruines d'Italie); -- Villaviciosa, (auteur du beau poëme, *La Mosquéas*); -- Samanéego et Yriarte, (deux célèbres fabulistes); -- Ensuite les auteurs Yglesias, Quevedo, Gonsalez, Arriaza, qui méritent les plus grands éloges; ainsi que Moratin, célèbre poëte comique. -- On sait que l'illustre Canova s'est rendu exprès de Rome à Madrid pour faire la statue en marbre d'Ibarra.

Cette perfection de l'art typographique s'est étendue même jusques dans certaines grandes villes de nos provinces et il me serait aisé, si je voulais, de citer des exemples remarquables à cet égard.

ÉLÉGIE XVII. Page 27.

Mais l'homme aussi, cher Bl*** l'homme dans sa faiblesse.

Je n'ai cessé d'avoir de l'admiration pour le savant D. Bl** de N.... toujours studieux dans le silence de son cabinet, et à qui les sciences, les lettres, les arts et les vertus chrétiennes rendent un sincère hommage.

ÉLÉGIE XIX. Page 31.

Quel néant que la Gloire ! erreur que le Plaisir !

On voit bien que je ne veux parler dans cette élégie que

de la fausse gloire ; il y en a une véritable, qui prend sa source dans les grandes vertus de l'âme : il est donc beau d'aimer cette gloire, cela désigne toujours, selon moi, une âme au-dessus du vulgaire, je n'ose presque blâmer ceux qui ont de la passion pour elle, j'entends toujours cette gloire qui est noble et élevée. Isocrate, à cet égard-là, portait les choses un peu loin, il disait : » même dans mes plaisirs je ne cherche que ceux dans » lesquels la gloire entre pour quelque chose. » -- Strabon, Ptolémée, Pline, Pomponius-Mela, l'itinéraire d'Antonin, César dans ses commentaires, Suétone, Plutarque, Tacite, Tite-Live, Florus, Polybe, Ammien, Diodore de Sicile, Merula, Bonaventure, Castillioni et autres auteurs, tant anciens que modernes, assurent dans leurs écrits que les Gaulois (desquels descendent les Français), de tous les peuples de la terre, étaient les plus extrêmement jaloux de la gloire, les plus entreprenans et les plus prompts à prendre les armes pour elle.

ÉLÉGIE XVIII. Page 28.

Cette élégie est à peu près une imitation d'un apologue ingénieux, tiré des livres arabes par Marcel, Directeur de la grande imprimerie. Ce savant, versé dans toutes les langues du monde, pendant son séjour au Caire en Egypte, visita les bibliothèques de manuscrits arabes, et il fit imprimer en cette langue, et en Français, les fables de Loqueman, surnommé le sage, poëte, comme on sait, plus ancien qu'Esope, il joignit à ce recueil plusieurs autres apologues inconnus jusqu'alors aux lettrés de l'Europe : il dédia ce précieux recueil à l'astronome Lalande, j'en ai eu par hasard un exemplaire que je tiens de la main du général Comte Dumuy.

ÉLÉGIE XX. Page 31.

J'y ai mis pour épigraphe ces deux vers du Dante, qui se trouvent dans le chant heureux où ce poëte parle des malheurs de Françoise de Rimini de Polente, épisode, comme on sait, tout à la fois d'une naïveté parfaite, et d'une couleur religieuse et tendre : ces deux vers si connus des littérateurs, ont toujours fait le désespoir de ceux qui ont voulu les traduire : je trouve que M. Dureau de la Malle fils, jeune érudit, à qui nous devons récemment une belle traduction de Tacite, et quelques morceaux choisis du Dante, a approché le plus près de l'onomatopée du poëte Italien ; citons-les tous les quatre :

> « I' venni men cosi comm'io morisse
> « E cadi, come corpo morto cade.
> « *Mon âme évanouie, à la douleur succombe ;*
> « *Et faible, je tombai comme un corps mourant tombe.*

ÉLÉGIE XXI... Page 33.

Qui ne connaît la définition heureuse de cette vertu par Massieu, sourd-muet, élève de l'abbé Sicard. On lui demanda un jour ce que c'était que la reconnaissance : ayant un peu réfléchi, il répondit : » la reconnaissance » est la mémoire du cœur. »

MÊME ÉLÉGIE Page 34.

Mme Victoire Pe**** (de Blois), a mis en musique pour le piano ou la harpe, ma romance intitulée, *le Père Affligé* : le chant musical en est touchant et expressif, voici les paroles :

LE PÈRE AFFLIGÉ.

*Romance.**

Ainsi dans ma peine infinie,
Dans mon douloureux désespoir,
J'ai perdu ma fille chérie,
Je l'ai perdue et sans espoir ;

---

* Elle se trouve avec la musique, à Paris, chez Sieber, à la Lyre de Polymnie.

Je le sais, que le tems émousse
Insensiblement les douleurs,
Mais pourra-t-il tarir la source
De mes chagrins et de mes pleurs.

Dans ma douleur que rien n'égale,
Je perds la plus aimable enfant
De la piété filiale,
C'était le modèle touchant,
Sentimens purs, vertus, décence,
En elle tout était bonté ;
Sa jeunesse et son innocence
Composaient toute ma gaieté.

Sur cette terre misérable,
Elle n'a brillé qu'un moment....
O ma fille, colombe aimable,
Dors en paix sous ce monument !
Déjà je ne vois plus la place
Que tu tenais si près de nous,
Chaque jour enlève la trace
De ton sourire, hélas, si doux.

Dors, dors, ma fille, environnée
De la puissance des Elus,
Ta belle mort est couronnée
Par les anges et les vertus;
Vois la Jérusalem céleste,
Qui s'ouvre, brillante à tes yeux,
Quitte-nous, colombe modeste,
Mesure ton vol vers les cieux.

FIN.